SOUVENIRS

Par A. H.

PARIS,

CHEZ LES MARCHANDS DE NOUVEAUTÉS.

1834.

PRÉLIMINAIRES.

Qui? moi! poursuivre une chimère,
En poëte oser m'ériger!
Dans quelle épineuse carrière
Mon amour-propre a-t-il su m'engager?
Retournons sur nos pas, et quoiqu'il en murmure,
Au bizarre projet dont il est tourmenté
Ne sacrifions pas mon existence obscure,
Qui pour l'élève d'Epicure,
Vaut bien tous les honneurs de la célébrité.
Hier au soir sur ces belles pensées,
Je m'endormis fort gravement;
Dans mon cerveau pour mon amendement,
Je les croyais profondément tracées.

Quelquefois, chers lecteurs, la raison me sermone,
Mais rarement son flambeau me conduit;
  Jel' écarte et je m'abandonne :
Soit à l'amour, quand Irma me sourit,
Soit au démon des vers quand tout à mon dépit,
  Je suis trahi par la friponne.
Et comment résister à leurs charmes puissans?
L'un promet le bonheur, mon cœur aime à le croire;
  L'autre à son tour promet la gloire,
Et pour elle en secret je brûle de l'encens.
Aussi dans les deux camps je cherche une victoire.

Pourrai-je!... Mais pourquoi tristement curieux,
Vouloir approfondir un avenir si sombre?
J'espère tout.... l'amour n'est-il pas généreux?
Quant à la gloire, hélas! tant de sots sous nos yeux,
  Courent en foule après son ombre,
Quitte à n'attraper rien je vais courir comme eux.

LES TEMPLES DE PESTUM.

ODE.

Je révère l'antique,
Cette simplicité,
D'un vieux morceau de brique
La grave liberté.

Quelquefois quand je pense,
Que Rome mit des fers,
Que son pouvoir immense
Rivât tout l'univers.

Il me semble voir l'ombre
De quelque fier Romain,
Dans l'obscurité sombre,
Dire : républicain.

C'était un bien beau rêve,
Qui surprend le sommeil;
Il agite, il soulève
Même après le réveil.

Une rose, un homme
Un riche monument.
Il passa, tel l'atôme
Ne brilla qu'un moment.

Je rencontre une rose,
Belle comme l'amour,
Elle est à peine éclose,
Ressemblant au beau jour.

Dieux, qu'elle était jolie;
Qu'elle enivre la fleur,
Sur un sein que je l'apprécie
Palpitant sur un cœur.

Le parterre en embaume
De nectar charmant,
Ce délicieux baume
Envié de chaque amant,

Sa tige est inclinée,
Elle a beaucoup de noir.
Maussade, fatiguée,
Elle n'a plus d'espoir.

Remarquez-vous ce temple,
Là, la divinité
Est priée et se contemple
Aveconction, piété.

Le religieux portique
S'ouvre avec le soleil,
Et d'un chant magnifique,
L'on fête le réveil.

C'est le Dieu du tonnerre,
Le maître des humains.
Il gouverne la terre,
Silence, respects divins!

Une troupe tremblante
S'approche de l'autel;
De la victime palpitante,
Invoquant l'immortel.

On célèbre les louanges
De l'Olympe le Dieu ;
Il est orné de franges,
Le mystère du lieu.

A droite, à la colline,
Il s'élève près Pesto,
Une superbe ruine,
Bruyante comme l'écho.

Il paraît qu'on adore,
Dans mon imagination,
Cérès que l'on implore,
Déesse de moisson.

Tremblant pour un orage,
Si leurs champs sont jaunis :
Le bonheur au visage
Ils portent leurs épis.

J'aperçois l'innocence,
Couverte de bandeaux ;
La vieillesse s'avance
Sous le poids des travaux.

Le temple de Concorde,
Nous possédons un pont,
Que je nomme discorde,
Où tomba plus d'un front.

Le Romain, las de gloire,
Reposait ses lauriers;
Et chantant sa victoire,
Pendait ses boucliers.

Ensuite, quand je songe,
Que toute la grandeur
A passé comme un songe,
Cela me fait bien peur.

Nous sommes en passage,
Pour végéter, souffrir.
La vie est un voyage,
Nous devons tous mourir!

UNE PREMIÈRE INFIDÉLITÉ.

Ecoute cette aventure :
M'a dit un de mes amis,
Ayant la belle figure,
Combien je te chéris.
J'avais une personne,
C'était la perfection,
Je m'en passionne,
D'amour, de vénération.

Et avec de l'ivresse,
Me mettant à ses genoux,
Je disais ma tendresse,
A mon objet si doux.

L'aimant comme l'idole,
Près d'elle s'épand mon cœur,
Elle est si jolie que je m'immole
Avec plaisir, bonheur.

Elle a l'air ravissante,
Des beaux, et tout noirs yeux,
Une tournure charmante,
Est-il possible de n'en être amoureux ?
Elle a le doux sourire,
Des délicieux traits,
En parlant je crois que j'expire,
Percé de tant d'attraits.

Je braquais ma jumelle,
Dans un beau bal masqué,
Me regardait une belle,
Avec un air musqué.
C'était une blonde,
A la voir j'ai plaisir,
C'est une femme du monde,
Et, pleine du désir.

Je la suis en sa demeure,
Nous venons dans le boudoir,

À l'amour propice est l'heure,
Car, commence le soir.
Je défais sa ceinture,
Dans ce simple appareil,
Arrangeant sa chevelure,
Je vis un autre soleil.

Mais l'on frappe à la porte,
C'est mon astre premier,
Allons, entrez, n'importe....
J'ai donc pu l'oublier.....
Charmante brune excuse,
Si je m'égare un instant,
Près de toi seule je m'amuse,
Je serai toujours constant.

UNE DOUBLE CROCHE.

Savez-vous l'histoire
De l'aimable régisseur,
D'ennuyeuse mémoire,
Moi, je la connais par cœur?
Il est une double croche,
Laid, petit, hideux,
Des marrons dans sa poche,
Il se prétend amoureux.

Il baise les mains d'une actrice,
Il est à la cajoler,
Je vis cela dans la coulisse,
Elle se laisse tromper.
Il a l'air d'un hypocrite,
La suçant en dessous,
Bénissant le ciel, jésuite,
Je suis là, tremblez tous!

UN JOUR DE L'AN.

Bonjour, petite mère,
Voici un jour bien beau,
Pas de regard sévère,
Dieux, le joli cadeau.

L'orgueilleuse boutique
Peint sa curiosité,
Avec de l'huile antique,
C'est de toute beauté.

Perfide sucrerie
Du traître confiseur.
De la pâtisserie,
Je vois dehors trompeur.

A un sou, la brioche
Dit un petit vieillard,
Pendant qu'un farceur mioche,
Chipait au boulevard.

Mayeux, Polichinelle,
Est traîné par papa;
Il tient poupée belle,
Et un joli dada.

L'heureuse matinée,
S'ouvre pour les présens,
Ils trouvent la journée
Bien chère, nos parens.

C'est de mon écriture,
Dit ma fille : méchant,
Il mourût de blessure,
Tu et tun inconstant.

Je sais mon petit père,
Maître Renard perché,
Balbutia, le frère,
Le corbeau.... alléché.

Je ne sais davantage,
C'est très-bien, mon garçon;
Tu promets d'être sage,
Tiens voilà du bonbon.

Pour l'année prochaine,
Vous verrez, sans erreur,
Réciter Lafontaine,
Maître corbeau, par cœur.

UN OISEAU.

ROMANCE.

Un oiseau dans sa cage,
Satisfait de son sort,
Charmait par son ramage,
Ignorant sur sa mort.
C'était un insulaire,
Un charmant étranger,
A la voix étrangère,
Sur nos bords passager.

Il avait le plumage,
Du plus brillant oiseau.
Et tout le voisinage
Le disait le plus beau,

Mainte belle figure,
Avec sa blanche main,
Donna la nourriture
Au doucereux calin.

Versez plus d'une larme,
Il est fils du trépas;
Pleurez-le jeune dame,
Il ne chantera pas.
Son aîle vive, agile,
Son chant content, joyeux,
Son éclat vif, pur, brille
D'un charme tout radieux.

Sa voix suave, légère
A perdu sa douceur.
Il est là, sur la terre;
Il ne bat plus son cœur;
Surpris par la froidure,
Il manqua de soleil;
Gémissez: la nature
N'en fit pas de pareil.

Près de lui, l'on s'empresse,
Chacun plein de douleur.

Répète en sa tendresse :
Ah ! pour nous, quel malheur !
Demoiselle jolie
L'échauffe dans son sein ;
A le rendre à la vie,
On cherche, mais en vain !

Il n'est que poudre et cendre,
Lui qu'on dût adorer ;
Des regrets, mortel tendre,
Que doit-il espérer ?
Seule, une larme tombe
De l'œil de la beauté,
Sur sa lugubre tombe,
Ah ! qu'il soit regretté !

UNE ROMANCE.

Entends ma voix plaintive,
De Naples, beau pêcheur,
Que l'écho de la rive,
Soit le témoin du cœur.

De cette barcarole
Du sol Napolitain,
Redis chaque parole,
Chaude comme Africain.

C'est toi seul que j'adore,
Je suis en ton pouvoir,

J'y pense dès l'aurore ,
J'en rêve jusqu'au soir.

Je crois voir ton image,
Par un nuage conduit,
Refleter ton visage
Au sombre de la nuit.

Répéter que sans cesse ,
Le dire chaque jour :
Je t'aime avec tendresse ,
Avec tout mon amour.

Ce que mon âme envie ,
C'est d'admirer tes yeux ,
Ta figure jolie,
Dont je suis amoureux.

En secret je soupire ,
Pour tes divins attraits ;
Haletante, j'expire,
Morte, de tant de traits.

Je suis fille d'Italie,
Enfant de passion.
Je produis jalousie,
J'ai l'agitation.

Ce n'était qu'un Rêve.

I

D'un sommeil léthargique,
Je fus surpris soudain ;
Un nuage magique
M'élève au séjour divin.

Je semblais remarquer les puissans de la terre,
Au sourire orgueilleux, cet insolent vulgaire;
Ce n'était qu'un rêve, passé en un instant,
Le mortel sa gloire, sont réduits dans le néant.

Eloignez-vous du silence profane;
N'approchez pas du mystère enchanteur.
Elle est belle, l'autorité diaphane,
Où j'observais le char triomphateur.

II

D'une vague tristesse
Suivant l'humanité.
Elle me disait : maîtresse,
Du respect, je suis déité.

Allons, prosternez-vous devant cette immortelle,
Des prières, des vœux et des adorations.
Le sang des victimes, sur les autels ruisselle,
Dans vos coupes dorées, versez des libations.

Jupiter, Dieu de l'empire céleste,
Neptune aussi, roi des eaux, du Triton,
Tous ont passé; en leur marche funeste,
Saturne brisa l'enfer de Pluton.

III

Sparte, la république
Apparaît avec ses lois ;
Sa fière vertu antique,
Qui siège au lieu des rois.

Cette cité sans murs, était forte, célèbre,
Quand Solon, du bonheur alluma le flambeau,
Je ne te connais plus; de souvenir funèbre ;
Je vois ton sol tout plein, et surgir ton tombeau !

Entendez-vous, de Mycènes le brave,
Gémir en vain, du poids des fers captifs.
Redire en lâche: hélas ! honteux esclave,
Des tyrans, exaucez mes cris plaintifs.

IV

A la belle sagesse
Athènes fut dédié,
Il domina la Grèce,
Brilla d'amabilité.

Les plaines stériles saignèrent de batailles,
Leurs palais meurtriers de plus d'un noble nom.
J'étais triste, pensif, de voir des funérailles,
Le noir trépas des Grecs et des Agamemnon.

Il a passé, vainqueur de Mantinée;
Il dit ces mots: Epaminondas.
Deux couronnes héritent de renommée,
L'invariable l'écrasait de ses pas.

V

Reine des bords du Tibre,
Cité de Romulus,
Je bondis te voilà libre,
Par le consul Brutus.

Je ne verrai pas surgir, du tombeau d'un grand homme,
Le glaive des tyrans, et trouver un vengeur,
Dire haut nos affronts, dans celle qui fut Rome,
Placarder en tous lieux : à bas César l'empereur.

Je regrette, je crois que je pleure
Le marbre grec de tous pays ambitieux
Est travaillé; la brique, qu'elle meurt,
Elle a servi pour le temple des Dieux.

VI

Il règne la paresse,
En l'empire romain;
D'ennemi de la mollesse,
Rugit le nœud germain.

De ces sept collines aux pompes dégradantes,
Pillent les barbares, commence l'invasion;
Grande comme ouragan, impétueuse menaçante:
Les Huns, les Visigoths, ils donnent la domination.

De liberté, la statue est brisée,
Il est ruine des Romains, le premier autel;
Des barbares la foudroyante épée,
Ne garda rien de plus beau, de plus immortel.

VII

Quand de leur décadence,
Je rêvais les accens,
Toute leur arrogance
S'envole au bruit des vents.

L'ignorant moyen-âge, sans aucune lumière,
Paraît superstitieux; tout était au berceau.
La haine dominait; dans leur course guerrière
Ils tuaient par héroïsme en leur bourbeux château.

Un inspiré de l'essence divine,
Ce fut Pierre, prêchant sur les Musulmans;
Les croisades s'emparent de Palestin e;
Jérusalem s'abreuve de ses mourans.

VIII

L'aimable chevalerie
Enchantant dans sa tour ,
Sa tendre bonne amie
Avec un troubadour.

Des combats guerriers s'ouvre soudain la lice ,
Le vainqueur palpitant voit du sein du tournois,
La beauté séduisante au délicieux caprice ;
S'avance le cortège , le char doré des rois.

C'est l'impétueux qui cherche l'aventure ,
Qui vient de tuer vingt-cinq géans. Un guerrier ,
De son glaive , couvert de son armure ,
Il enlève la fille d'un chevalier.

IX

Du Vandale, fille altière,
Le duel son spadassin ;
Le sang coule sur terre,
Morts sur le terrain.

Le beau printems verdit, joyeuse est la campagne ;
Allons, chantez un air, écoutons Ménestrel.
Il accorde sa lyre, il fête sa compagne,
La nature, l'univers, d'un mode solennel

Je m'assoupis, plein d'une grande idée,
Que nous sommes la simple fleur du gazon,
Que la rosée matinale a effacée,
Et pendant que s'épaissit un tourbillon.

X

Le peuple aperçût l'âge
De briser son seigneur ;
Il secoua l'esclavage,
Aux despotes : malheur!

Les sciences, les beaux-arts, fondirent de l'Italie ;
On poliça ses mœurs, s'ouvrit la civilisation ;
Le siècle s'agrandit, pétilla plus d'un génie ;
Léon dix a orné les temples de religion.

C'est un démon, Luther de l'Allemagne,
Par conviction ou un air presque divin,
Prêchant partout et dans la campagne,
Il vint fonder les dispenses du Romain.

XI

La brillante couronne,
D'un glorieux, d'un grand roi.
Sa force résonne,
Chacun donna sa foi.

C'est le siècle vivant, n'emportant que conquêtes ;
Il faut vous prosterner humbles à ses genoux ;
La lyre en main, auteurs : c'est le plus grand des poètes ;
Il reprend ses foudres, la guerre, écoutez tous.

Louis quatorze, dit le grand, se repose,
Au traître sein de Maintenon il s'endórt,
Sur sa joue, recueillant une rose,
Près de France, plane cette avide mort.

XII

La nation en colère,
Tel le tigre affamé,
Beugla en flot populaire;
On ne l'a muselé.

Je vois la liberté, la plus belle maîtresse,
Mirabeau, Barnave, le règne de terreur,
Et du peuple l'enfant, le sang de la noblesse,
Sur l'échafaud, bondir en héros sans pâleur.

Il épouse la fiancée de la gloire,
Le grand-homme, premier consul, Napoléon.
Jusqu'à Moskou, s'ornant de la victoire:
Il était fort, le grand souverain, le lion.

XIII

De notre riche terre,
De leurs drapeaux insolens,
De ces alliés j'ai vu la horde étrangère,
Et pas un seul français pour ces débordemens.

Accourant au signal, les filles de l'espérance,
Encor se souviendront de leur noble métier.
Ce n'était qu'un rêve, ils ne passeront la France,
Ils feront étinceler leur beau nom de guerrier.

Le grand Louis, Napoléon, dominèrent même patrie.
Chacun possédait un astre bien brillant;
Leurs âmes brillaient de courage, d'énergie,
Je ne les reconnais; passés en un instant.

Imprimerie de Sétier, rue de Grenelle, 29.

Jules Berrier, imprimeur,

www.ingramcontent.com/pod-product-compliance
Lightning Source LLC
LaVergne TN
LVHW050217180726
843501LV00013BA/2022

* 9 7 8 2 3 2 9 6 6 5 6 0 3 *